幼兒全語文 階梯故事 系列

活動冊

袁妙霞　著
野人　繪

園丁文化

《小熊坐車》

今天，小熊約了朋友到公園打球。請走走迷宮，看他要乘坐什麼交通工具才能到達公園。

鐵路
公共汽車
電車

公園

《找食物》

小朋友，你見過蜘蛛嗎？你知道蜘蛛愛吃什麼嗎？走出迷宮你就知道了。

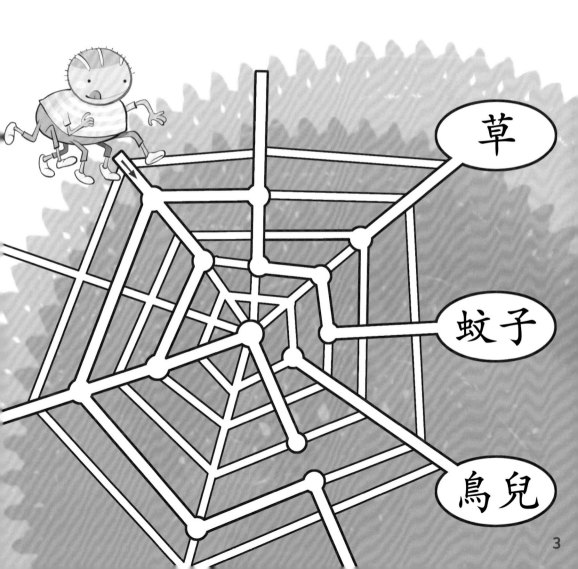

草

蚊子

鳥兒

《大家一起玩》

小熊貓準備和朋友玩什麼？走出迷宮你就知道了。

騎單車

捉迷藏

羽毛球

《天氣太熱了》

象先生剛從外面回來，口渴得很。你猜他最想要什麼？
請把答案填上藍色。

扇涼　　　抹汗　　　喝水

《愛護大自然》

河馬叔叔跟大家在什麼地方野餐？請把答案填上藍色。

樹叢　　小溪　　草地

《做運動》

河馬老師在對小動物說什麼呢？走出迷宮你就知道了。

《樹伯伯生病了》

雞媽媽拿着鐮刀，你猜她要到哪裏去？走出迷宮你就知道了。

果園　　稻田　　樹林

《過冬》

圖中是什麼季節的景色？請跟適當的詞語連線。

春天

夏天

秋天

冬天

《請輕聲點》

誰在呱呱叫？誰在汪汪叫？誰在打呼嚕？請把他們和相應的文字連起來。

打呼嚕

呱呱叫

汪汪叫

《春天來了》

看！到花園來玩的動物真多。小貓咪和小兔子在玩耍，小豬在嗅花朵發出的香味。噢！小狐狸做了一件不該做的事，你知道是什麼嗎？請把答案填上紅色。

種花

摘花

賞花

園丁文化

幼兒全語文階梯故事系列 第 3 級（中階篇）
活動冊

作　　者：袁妙霞
繪　　圖：野　人
責任編輯：王一帆
美術設計：許鍩琳
出　　版：園丁文化
　　　　　香港英皇道 499 號北角工業大廈 18 樓
　　　　　電話：(852) 2138 7998
　　　　　傳真：(852) 2597 4003
　　　　　電郵：info@dreamupbooks.com.hk
發　　行：香港聯合書刊物流有限公司
　　　　　香港荃灣德士古道 220-248 號荃灣工業中心 16 樓
　　　　　電話：(852) 2150 2100
　　　　　傳真：(852) 2407 3062
　　　　　電郵：info@suplogistics.com.hk
印　　刷：中華商務彩色印刷有限公司
　　　　　香港新界大埔汀麗路 36 號
版　　次：二○二三年四月初版

ISBN: 978-988-76584-1-2
© 2023 Dream Up Books
18/F, North Point Industrial Building, 499 King's Road, Hong Kong
Published in Hong Kong SAR, China
Printed in China